Aspettando che risplenda il sole

Un racconto della serie Misteri nel Sussex

Isabella Muir

Outset Publishing Ltd

Pubblicato in Gran Bretagna

Da Outset Publishing Ltd

Prima edizione in italiano pubblicata Marzo 2023

Prima edizione in inglese pubblicata Dicembre 2018

ISBN 978-1-872889-48-1

www.isabellamuir.com

INDICE

	IV
UNO	1
DUE	5
TRE	10
QUATTRO	17
CINQUE	22
SEI	27
SETTE	31
OTTO	36
NOVE	45
GRAZIE	48
RIGUARDO L'AUTRICE	49
DELLA STESSA AUTRICE	51

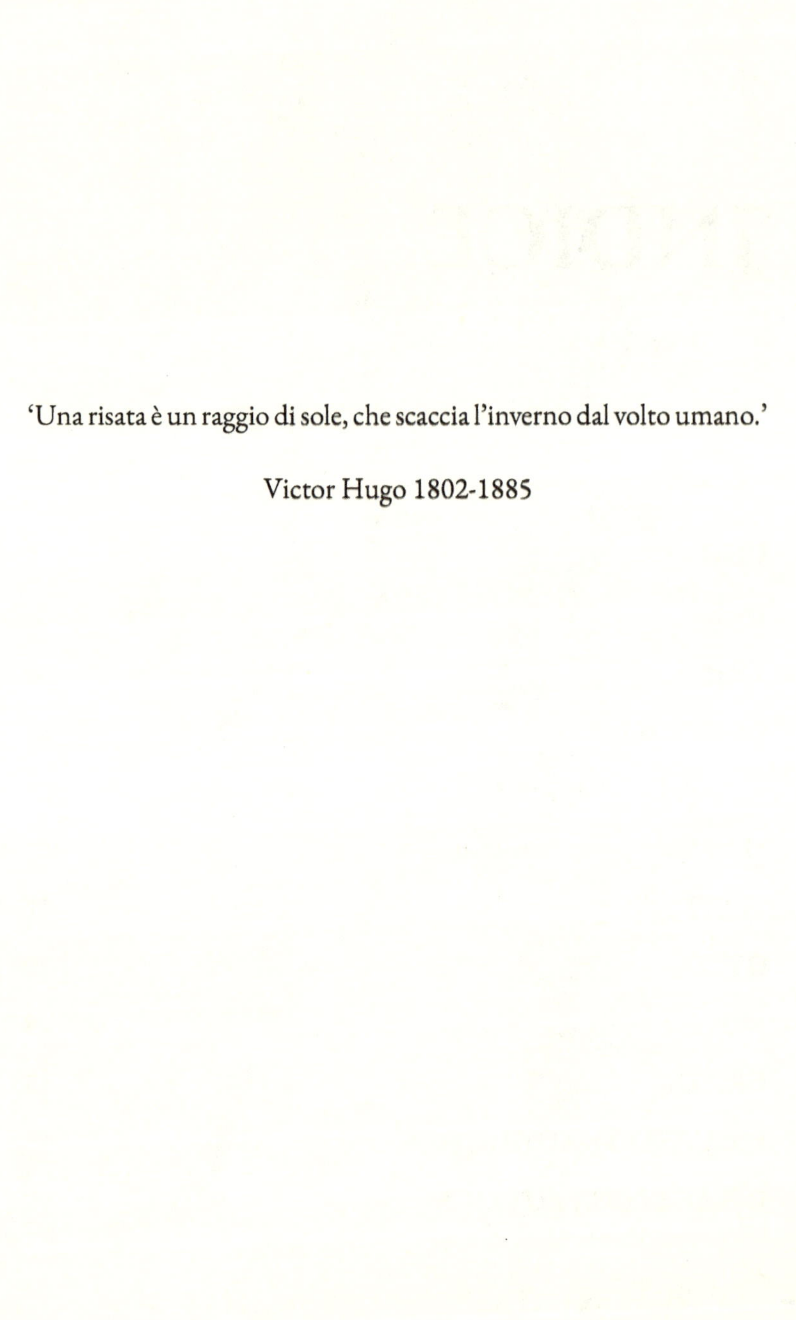

'Una risata è un raggio di sole, che scaccia l'inverno dal volto umano.'

Victor Hugo 1802-1885

UNO

Potreste pensare, che, come giornalista, sia facile, per me, raccontare la storia della mia vita. Trascorro la mia settimana lavorativa raccontando la storia di altre persone, riferendo di reati minori e gravi, scavando nei retroscena per scoprire a cosa occorra, veramente, attribuire la colpa. Eppure, in qualche modo, quando si tratta di dipanare i miei ricordi, mi ritrovo in un groviglio. È il tipo di confusione che potresti trovare dopo che una gattina ha giocato con due gomitoli di lana. Se potessi disporre quei gomitoli di lana, uno accanto all'altro, forse avrei la possibilità di vedere le cose con chiarezza. Il problema è, che i ricordi che penso siano reali continuano a confondersi con quelli che mi vengono raccontati - le storie che mamma e nonna ripetono - sono come se ricordassero un'intera serie di eventi che in qualche modo a me sono sfuggiti.

Una cosa su cui tutte e tre siamo d'accordo è il giorno in cui sono stata presentata a mio padre. Era il giorno del mio compleanno, avevo compiuto tre anni. La nonna mi aveva fatto un vestito nuovo in cotone giallo brillante e aveva lavorato a maglia un cardigan giallo abbinato. Il cardigan era più simile a una giacca, la lana spessa e graffiante sulla mia pelle. Però quando compi il tuo compleanno a febbraio è importante essere preparati per qualsiasi condizione atmosferica. Nel corso degli anni avevo festeggiato la giornata con la neve, la pioggia e le tempeste, a volta anche con il sole, ma mai con il caldo, il che sarebbe stato chiedere troppo.

La mamma mi aveva promesso una torta. Allora non mi rendevo conto di quanto sacrificio sarebbe stato necessario per fare sì che la torta diventasse realtà. Il razionamento del cibo era in vigore dal 1940 e, anche se la guerra finì proprio nel periodo in cui nacqui io, nel 1948 il razionamento era tutt'altro che finito. Questo significava che non avevo mai assaggiato una torta fatta con uova fresche, tanto zucchero e burro - tutti ingredienti che c'erano disponibili in abbondanza prima che Hitler decidesse di invadere la Polonia, mandando tutto il mondo nel caos.

Così ero lì, seduta al tavolo della cucina con il mio vestitino giallo ed il cardigan. Per accompagnare la torta di compleanno, addolcita con carote al posto dello zucchero, la mamma aveva preparato dei biscotti fatti con le patate al posto della farina. La mamma non è mai stata la più abile delle cuoche (nonostante abbia seguito alla lettera le ricette della nonna), certamente le prelibatezze fatte in casa non avevano un aspetto o un profumo così appetitoso, come quando le preparava la nonna. C'erano anche pane e marmellata, la marmellata fatta con le more coltivate in casa dalla nonna. Barattoli che erano rimasti nella dispensa da prima della guerra, un'epoca in cui aggiungere chili di zucchero alla lista della spesa non rappresentava un problema. Con solo due barattoli rimasti, la presenza di uno di loro da usare per la mia festa di compleanno significava una sorta di celebrazione.

Ricordo che mia madre mi aveva schiaffeggiato la mano, solo perché l'avevo allungata sul tavolo per prendere una fetta di pane.

"Devi aspettare. Libby. Vedi ho aggiunto un altro posto. Inizieremo quando tutti saranno qui."

La nonna ed io sedevamo sempre l'una di fronte all'altra all'ora dei pasti, con la mamma a capotavola. Ma ora era stato aggiunto un altro posto. Non credo di essermi chiesta troppo su chi potesse essere. La mai ansia principale era che chiunque fosse si doveva sbrigare, così non dovevo passare troppo tempo a guardare il buffet dell'ora del tè senza poter toccare nulla.

Poi la porta sul retro si aprì ed entrò un uomo. La prima cosa che notati di lui fu il suo sorriso, che gli aveva provocato la comparsa di rughe non solo ai lati della bocca, ma anche intorno agli occhi. Quanta furbizia in quegli occhi, anche se allora non sapevo cosa potesse comportare la furbizia negli adulti. Ma ero certa di non aver mai visto un uomo sorridere in modo così avvolgente, come se non ci fosse niente di sbagliato al mondo e tutto fosse possibile. Avevo visto sorrisi garbati sul volto del nostro dottore quando auscultava il mio petto, e sorrisi pieni di speranza quando accompagnavo la nonna a fare la spesa il sabato e lei prometteva di saldare i nostri conti entro la fine del mese. Il sorriso di quest'uomo non era niente del genere. Inoltre, era in netto contrasto con l'espressione sul viso di mia madre, che mi ricordava qualcuno che ha succhiato per sbaglio un limone amaro.

"Libby, questo è Adam," mi aveva detto la mamma.

Non ricordo se abbia detto qualcosa in quel momento, ma ricordo la sua forte risata quando avevo detto, "Possiamo iniziare a mangiare adesso?"

Lo sconosciuto non significava niente per me, tranne che il suo arrivo aveva segnato l'inizio dell'ora del tè.

Sono sicura che è stato durante quel party che mi è stato chiarito che Adam era mio padre, anche se non ricordo tutti i dettagli. Non sono sicura di cosa mi abbiano detto la mamma o la nonna, o come l'abbiano formulato, ma so che alla fine della mia festa ero entusiasta di rendermi conto che quest'uomo era imparentato con me in qualche modo. Ogni volta che ne parliamo ora, il che è raro, la versione di mamma di quel giorno è che Adam era arrivato tardi e non si era nemmeno preso la briga di restare a leggermi una favola della buonanotte. È stata la prima di molte occasioni in cui mio padre non è stato all'altezza delle aspettative di mia madre.

Invece, ho avuto molto di più di quanto speravo, soprattutto perché fino ad allora non sapevo nemmeno di avere un papà. Eravamo solamente io, la nonna e la mamma ed era andato tutto bene, con mia nonna, Phyllis Frobisher, come capitano della nostra piccola famiglia che calmava le acque agitate con le sue sagge parole.

L'arrivo di Adam quel giorno non ha portato in casa solo la sorpresa per il compleanno. Sicuramente mi hanno conquistato l'orsacchiotto e il puzzle, così come la piccola foto di lui in bianco e nero che mi mise in mano. Ma la cosa migliore fu la risata che aveva portato nella nostra cucina. Era come se avesse intorno a se un muro invisibile, che lo proteggeva dagli sguardi di disapprovazione della mamma, che lei non cercava di nascondere. Niente avrebbe tolto quel sorriso dalla faccia di Adam. E quando mi aveva chiamato Primrose, e mi aveva sollevato dalla sedia e mi aveva fatto girare tra le sue braccia ho capito che la vita non sarebbe stata più la stessa.

DUE

UNA PASSEGGIATA DI DIECI minuti attraverso i vicoli e i viottoli del centro storico di Tidehaven ti porta alla Villetta Lavender, la villetta pittoresca anche se un po' fatiscente, dove ho vissuto io con la mamma e la nonna.

Sono nata lì, stranamente nella stessa camera da letto in cui ho dormito durante la mia adolescenza. Era una casa rumorosa in un vicolo tranquillo. I rumori non provenivano da noi, ma dallo scricchiolio delle assi del pavimento e dal tintinnio delle vecchie finestre di legno, dalle quali la maggior parte dei giorni, passavano così tanti spifferi che non c'era quasi bisogno di aprirle. Dalla nostra stradina non si vedeva il mare, ma una breve passeggiata in discesa ci portava sulla spiaggia di ciottoli, proprio accanto ai pescherecci.

Per qualche anno, dopo che avevo compiuto i tre anni, Adam aveva continuato ad entrare e uscire dalle nostre vite, anche se decisamente più uscire che entrare. Ogni volta che arrivava non mancava mai di portare la solarità, a prescindere dal tempo. Arrivava, spesso la mattina presto, quando ero ancora in pigiama e stavo versando i cornflakes nella ciotola. Una volta che era lì seduto, accanto a me, ero troppo eccitata per mangiare e spesso faceva scivolare la mia ciotola verso di lui e ne sgranocchiava il contenuto. Nelle rare occasioni in cui rimaneva abbastanza a lungo da portarmi fuori per un'avventura, camminavamo insieme fino alla collina Fire, il suo lungo passo mi rendeva impossibile stargli dietro. Persino nei giorni sereni la brezza soffiava sulla cima della collina, facendo volare i miei capelli sugli occhi dandomi modo di riprendere fiato. Di solito al ritorno ero seduta sulle sue spalle, godendomi una vista dall'alto, attraverso le scogliere di arenaria ricoperte di ginestre fino al porto di Tidehaven Harbour.

In quelle passeggiate non avevo domande da fargli, mi accontentavo solo di stare in sua compagnia. Non parlava molto, preferiva canticchiare melodie o cantare canzoni. Forse la musica gli dava una sicurezza che il linguaggio non gli offriva. Qualunque sia la ragione, la sua voce melodiosa e roca è diventata l'accompagnamento musicale di molti dei miei sogni.

Durante quei primi anni accettai Adam come un'aggiunta saltuaria ma gioiosa alla nostra piccola famiglia. Era come il giorno di Natale, ma che poteva arrivare in qualsiasi momento dell'anno e sul quale non ci si poteva fare affidamento.

Solo una volta ho affrontato la mamma con una domanda diretta. Non intendevo farle una critica, volevo solo cercare di capire.

"Perché Adam è sempre così felice e tu sei sempre così triste?"

Non ricordo la risposta, e se ci fosse stata. Probabilmente mi aveva fatto un gesto della mano per cacciarmi, dicendomi di prendere il mio tè o di riordinare i miei giocattoli prima di andare a dormire.

Desideravo ardentemente l'iniezione di risate di Adam, quell'energetico spirito natalizio, così, quando sembrava essere passata un'eternità dall'ultima visita di Adam, tormentavo la mamma.

"Quando viene Adam? Dov'è?"

Non è mai stata in grado di rispondere perché non lo sapeva, il che me lo ha fatto idolatrare ancora di più - non solo era un uomo divertente, era anche un uomo misterioso.

Quando avevo circa nove anni e mezzo iniziai a domandarmi cosa ci fosse fuori dai confini della Villetta Lavender. Imogen Rutherford era la mia migliore amica. Il mio primo giorno di scuola elementare si era seduta accanto a me e da quel momento eravamo diventate inseparabili. Quasi tutte le settimane andavo a casa dei Rutherford mi sedevo al tavolino del tè con sua madre e suo padre ed ascoltavo i loro discorsi.

A casa, non prestavo, per lo più, attenzione alle conversazioni. La nonna parlava della sua giornata a scuola o del suo giardino. Phyllis Frobisher era un'insegnante alla Grosvenor Grammar da sempre, insegnando a diverse generazioni della comunità, assicurandosi così un posto come parte integrante del tessuto di Tidehaven e Tamarisk Bay. Certo un giorno sarebbe dovuta andare in pensione ed era riconosciuto che la scuola sarebbe stata impoverita da questo.

Nelle ore in cui la nonna non insegnava, lavorava nel suo giardino, che correva su tutti e quattro i lati della villetta. La parte anteriore comprendeva un sentiero lastricato bordato da piante di lavanda che conduceva dal cancello alla porta d'ingresso. Quando lo percorrevo, passavo sempre una mano sulla lavanda, a volte afferrando una manciata di fiori e li infilavo in tasca in modo da poter sentire il dolce profumo inebriante per tutto il giorno. A sinistra e a destra della villetta la nonna aveva scavato profonde aiuole, riempiendole con ogni tipo di fiori da giardino, disponendoli in ordine di altezza, assicurandosi che ci fosse sempre colore in ogni stagione. L'orto sul retro era riservato agli ortaggi; groviglio di rami con i fagioli rampicanti, file ordinate di carote e cipolle, con vasi qua e là con erbe aromatiche, come la maggiorana e l'erba cipollina.

La mamma, invece, metteva raramente piede in giardino, e certamente non se c'era da scavare o fare il diserbo. I suoi interessi sembravano non estendersi oltre il suo lavoro come infermiera. Durane la guerra, da adolescente, si era offerta volontaria come infermiera ausiliaria, e una volta finita la guerra aveva frequentato la scuola da infermiera ed ha continuato a lavorare nell'ospedale locale, coprendo principalmente turni notturni, in modo che tra lei e la nonna c'era sempre qualcuno con me.

Di conseguenza, le conversazioni attorno al tavolo della nostra cucina raramente riguardavano argomenti a cui potevo partecipare, poiché né il giardinaggio né l'assistenza infermieristica suscitavano il mio interesse. Il più delle volte, mi sentivo come se non mi facessero partecipare alla conversazione. Così il giorno in cui il signor Rutherford mi aveva chiesto per la prima volta la mia opinione, sono semplicemente arrossita e ho balbettato. Fino ad allora non sapevo che quello che dicevo, poteva essere ritenuto valido o interessante.

"Allora cosa ne pensi della nostra giovane regina?" mi aveva chiesto. "Non appena è stata incoronata è partita per il mondo, ha percorso migliaia di miglia, immagina solo alcuni dei luoghi che ha visto."

Non sapevo nulla della regina. Non ero mai stata a Londra e non mi ero mai soffermata ad immaginare come fosse vivere in un palazzo. Avevo un vago ricordo di mamma e nonna che ascoltavano alla radio l'incoronazione della regina e si sentivano infastidite dalla voce del presentatore che continuava a parlare per delle ore.

Ciò nonostante, quel giorno tornai dalla casa dei Rutherford decisa a scoprire tutto quello che potevo 'sull'attualità'. La prossima volta che l'onorevole Rutherford mi farà una domanda, sarò preparata con una risposta intelligente ed esauriente. Chiesi a mia madre se potevo comprare un giornale con la mia paghetta, e lei aveva riso, come se stessi scherzando. Indipendentemente da ciò, una volta alla settimana comprai una copia del *The Times* e fui immediatamente scoraggiata da pagine piene di nient'altro che caratteri piccoli, con pochissime immagini. La mia capacità di lettura era superiore alla media per la mia età, ma dovevo comunque prendere in prestito il vocabolario di nonna e cercarci quasi ogni parola.

All'inizio selezionai articoli brevi con titoli relativamente interessanti. Lessi di un incidente ferroviario a Sutton Coldfield. Un treno espresso aveva preso una curva stretta troppo velocemente ed era deragliato, con diciassette morti e quaranta feriti.

Pochi giorni dopo, a casa dei Rutherford sollevai l'argomento, proprio mentre la signora Rutherford mi porgeva il mio piatto di fagioli e pane tostato.

"È molto doloroso l'incidente ferroviario, vero?" dissi.

"Più che doloroso, per quelle famiglie, giovane Libby" mi disse il signor Rutherford. "Ma devi fermarti e chiederti di chi è la colpa."

Non avevo pensato alle implicazioni, né per le persone in lutto né per l'autista. È stato allora che ho capito che c'era di più nelle notizie, oltre le parole sulla pagina stampata; c'erano le storie dietro le parole.

Ogni evento ha avuto conseguenze che si sono proiettate lontano nel futuro.

Niente di sorprendente forse che, da adulta, l'unica occupazione che ho considerato è di essere una giornalista. Le lezioni che ho imparato allora, quando avevo dieci anni, mi sono ancora utili. Ogni volta che leggo un titolo e i primi paragrafi sottostanti, tratto le parole come l'assaggiatore di un piatto di un banchetto, con tutti i sapori e le consistenze di tutta una serie di altri piatti che aspettano solo di essere scoperti.

TRE

Dopo diverse settimane di lettura *The Times*, avendo acquisito gradualmente familiarità con il linguaggio degli adulti, desideravo ardentemente che Adam venisse per condividere con lui il mio nuovo apprendimento. Erano passati mesi dalla sua ultima visita, Natale era venuto ed era passato, ed il mio decimo compleanno si stava avvicinando. La maggior parte degli anni si era presentato al mio compleanno o in quel periodo, portando sempre un regalo, che non veniva mai incartato ma diventava il più prezioso dei regali anche se era poco più di un nuovo nastro per i capelli.

Il mio nono compleanno è stato nel 1954, il razionamento era terminato e per celebrare il fatto, oltre la fortuna che il compleanno cadeva il Martedì Grasso di quell'anno, la nonna consigliò di mangiare dei pancake per il tè del mio compleanno. La mamma decise di 'fare una pazzia'. Non avemmo pancake solo per il tè, li avemmo anche per il pranzo in considerazione della coincidenza delle ricorrenze. La dolcezza dello zucchero e la fragranza del limone mi invogliarono a mangiarne in quell'occasione così tanti che mi sentii piuttosto male per il resto della giornata.

Quell'anno Adam non ci fece visita fino a tarda estate. Passammo il pomeriggio insieme. Mi portò al molo di Tidehaven e passammo un'ora o più a giocare alla 'macchina da un centesimo,' rimettendo subito dentro le vincite, ed uscimmo con la stessa somma di denaro con cui eravamo entrati. Adam mi comprò il cornetto gelato, e aveva riso di me quando mi era andato tutto sul naso e il mento.

Raccontai ad Adam dei pancake del compleanno e giurai che per il mio decimo compleanno sarei stata più ragionevole come prova che ero quasi cresciuta. Non aveva fatto promesse, ma avevo la sensazione che sarebbe stato lì per quel giorno.

Invece il tempo aveva cospirato contro di me. All'inizio del febbraio 1955 ci fu una gelata, con le strade bloccate dalla neve. Anche le linee ferroviarie erano bloccate. Era così brutto il tempo in tutto il paese che nelle zone peggiori venivano mandati gli aerei della Royal Air Force per aiutare a consegnare cibo e forniture mediche alle persone che erano bloccate.

Così, quando Adam non venne a trovarmi - non prima del mio compleanno, o il giorno stesso, o per settimane dopo, mamma e nonna si scambiavano sguardi che non erano difficili da interpretare. Una notte mentre ero a letto, pensavano che stessi dormendo, tesi le orecchie per ascoltare la loro conversazione.

"È un vagabondo, un sognatore," disse la nonna. "Non è sempre stata quella la sua attrazione?"

"Non avrei mai dovuto lasciarlo entrare nelle nostre vite." C'era un'amarezza nella voce di mamma che non avevo mai sentito prima.

"No, Audrey, hai fatto bene a dirglielo. Libby aveva bisogno di conoscere suo padre."

"Non è un padre per lei. Vive in un mondo di fantasia non può mantenersi un lavoro adeguato e non si impegna né con me e né con Libby."

Nonostante l'accusa di mia madre, ero certa che fosse solo la neve a tenere lontano Adam. Ma mentre passava febbraio ed arrivava marzo continuavo a leggere la mia copia settimanale *The Times,* e mi chiedevo se potesse essere successo qualcosa di brutto a mio padre. Gli articoli dei giornali parlavano che dei pericoli erano in agguanto dietro ogni angolo, al di fuori dei confini sicuri di Tidehaven e Tamarisk Bay. Non erano solo gli incidenti ferroviari che potevano togliere la vita, ci erano stati incidenti sulle strade mentre le auto aumentavano di numero e velocità. Poi c'erano i furti con scasso che provocavano 'gravi danni fisici 'non solo al capofamiglia o al negoziante, ma anche a passanti innocenti.

Quando arrivò aprile mi ero convinta che Adam fosse sato aggredito o investito da un'auto e giacesse ferito in un ospedale da qualche parte, incapace di parlare e disperato per una mia visita. Non condividevo nessuna delle mie ansie con mamma o nonna. Ero certa che la risposta della nonna sarebbe stata per rassicurarmi, *gli articoli che leggi sui giornali sono per fatti estremi ecco perché sono sul giornale. Non stanno accadendo a tutti.'* Potevo immaginare le sue parole.

C'era anche la possibilità che, se avessi raccontato alla nonna le mie preoccupazioni lei si sarebbe fatta scappare qualche indiscrezione su Adam, qualcosa che la mamma non mi aveva detto. Avevo raggiunto un'età in cui volevo i fatti. Le domande iniziavano a moltiplicarsi nella mia mente.

Per molto tempo ho tenuto la foto ,che Adam mi aveva dato, sotto il cuscino, fino a che non mi sono resa conto che le nuove pieghe che apparivano ogni mattina creavano linee e rughe sul suo viso. La tiravo fuori non appena mi svegliavo e la tenevo in mano, notai che Adam sembrava essere invecchiato di qualche anno in più durante la notte. Quindi per proteggere l'unica foto che avevo di mio padre inserii la foto nella parte anteriore di un diario, che mi aveva regalato per il mio sesto compleanno, e lo misi nel cassetto del comodino. Non avevo ancora scritto nulla nel diario preservando le pagine bianche, ripromettendomi che avrei aspettato fino a che non avessi avuto parole abbastanza degne di abbellirne le pagine. Ma quando avevo dieci anni ho iniziato a trasferire il mio elenco di domande alle pagine del mio diario.

Dove vai quando mi lasci?

Dove vivi?

Perché non posso venire a casa tua?

Avevo maneggiato così tanto la foto che si era consumata, ma l'immagine di Adam che avevo nella mia mente non si è mai sbiadita. All'età di tre anni, quando l'ho visto per la prima volta, mi era sembrato un gigante torreggiante sopra di me. Poi crescendo, ho realizzato, che si, era alto, ma non di proporzioni gigantesche.

In effetti, se la nostra strana piccola famigliola si fosse schierata uno accanto all'altro, quando avevo dieci anni, saremmo sembrati una serie di gradini che salgono sul lato di una piramide. Io in fondo, seguita dalla nonna, che non era molto più alta di un metro e mezzo poi un salto di qualche centimetro verso la mamma che, togliendosi le scarpe poteva appoggiare il mento sulla testa della nonna. Poi è arrivato Adam che torreggiava sopra tutte noi, le sue gambe allampanate, nei jeans a tubo, e il busto così magro che era difficile vedere dove nascondeva i suoi muscoli. Portava un ciuffo pieno di brillantina, che lo faceva somigliare a James Dean, e il suo sorriso si insinuava nei miei sogni quasi tutte le notti. Mi sedevo spesso davanti allo specchio della mia toletta e cercavo di ricreare quel sorriso. Dopo tutto ero sua figlia. Ma il riflesso che mi ritornava era somigliante ad una iena pazza che rideva e mi faceva sentirne ancora di più la mancanza.

Nel 1955 i mesi passarono, l'atmosfera della primavera si trasformò in un'estate rovente- tutto l'opposto di un inverno più freddo. Giorno dopo giorno il sole splendeva e senza segni di pioggia c'era la minaccia di siccità. Imparammo a risparmiare l'acqua per lavare i piatti e toccava a me portare fuori la bacinella e rovesciarla sul prezioso giardino della nonna. Alcuni dei suoi fiori e verdure sembravano prosperare nel caldo, con i girasoli che crescevano fino a quando le loro corolle giallo brillante mi guardarono dall'alto in basso ricordandomi le piante terrificanti nel *Il Giorno dei Trifidi*. Non erano solo gli articoli sul *The Times* a stimolare la mia immaginazione.

Mi ero fatta strada tra i libri di mia nonna prima di passare agli scaffali dei libri di fantascienza della biblioteca. I timori che Adam fosse stato investito da un autobus o da un treno, furono presto offuscati dalla certezza che fosse stato rapito dagli alieni. Avevo letto *Cronache Marziane, I Cuculi di Midwich* e altri ancora, sino a che avevo perduto il senso della realtà. I racconti di fantascienza mi sembravano sempre più reali.

Quando mi sedevo di fronte a mia nonna, al tavolo di cucina, immaginavo che ci fosse una telecamera nascosta da qualche parte, che registrava tutto ciò che dicevamo e facevamo. Ad un certo punto, mi ero persino convinta che la mamma non fosse affatto mia madre, ma eravamo tutti attori in una specie di strano dramma. Se si trattava di farneticanti deliri o dei pensieri comuni di un bambino con una fervida immaginazione, chi lo sapeva? Con il senno di poi, direi che era più probabile che fosse la seconda, perché quando finalmente Adam si presentò una domenica mattina presto, dell'agosto 1955, fu come se la vita normale fosse ripresa.

La mamma era ancora in vestaglia. Avevamo appena finito di fare colazione discutendo su chi dovesse avere l'ultima fetta di pane tostato, quando lui spinse la porta sul retro quasi cadendo, sotto il peso dello zaino che aveva sulle spalle.

La mamma lo aveva guardato, poi si era voltata e si era data da fare riempiendo il bollitore e mettendolo sul gas.

"Come sta la mia Primrose?" disse scompigliandomi i capelli. Era come se non fosse mai stato via. Gli versai una tazza di té e lui lo sorseggiò lentamente. Poi, prima che potessi chiedergli qualcosa, fece un annuncio. "Ho deciso che è tempo di un'avventura. Parto per esplorare le isole greche. Forse imparerò a pescare e tornerò pescatore."

La mamma si era comportata come se Adam non avesse parlato, mentre continuava a lavare le cose della colazione. Mentre la nonna era fuori nel giardino sul davanti a prendersi cura delle sue piante, ho preso la mano di Adam e l'ho condotto fuori nel giardino sul retro scegliendo un piccolo pezzo di prato accanto alle canne di lampone. La nonna aveva creato una struttura per sostenere le piante dai gambi lunghi, che forniva lo schermo perfetto in modo che non potessimo essere visti dalla casa. Era come essere in un nostro rifugio.

"Dove sei stato? Ti sei perso il mio compleanno. Un'altra volta." Lo guardai in modo diretto per vedere la sua espressione. Il sorriso era ancora lì, ma c'era qualcos'altro nei suoi occhi che raccontavano un'altra storia.

"È stato un bel compleanno, Primrose? Mi dispiace di essermelo perso."

"Abbiamo avuto i pancake. Come l'anno scorso, come ti avevo detto"

"Allora mi dispiace davvero di essermelo perso."

Prese un ranuncolo e me lo tenne sotto il mento. "Forse dovrei chiamarti Fiorellino."

"Non sono più una bambina."

"Esatto hai gli anni a due numeri e molto presto sarai una giovane donna. Mi sa che ti chiamerò sempre Primrose." Fece una risatina gutturale come se il pensiero lo divertisse.

"Avevo pensato che avessi avuto un incidente..." Feci una pausa cercando di indovinare cosa avrebbe pensato papà dei marziani e delle mie fantasie.

"Il fatto è, Primrose, che me ne vado di nuovo."

"Sì, in Grecia. Verrò con te."

Ridacchiò di nuovo e mi prese la mano tra le sue contando le mie dita silenziosamente eseguendo una filastrocca per bambini, 'questo maialino è andato al mercato'.

"Penso che mi perderò il tuo prossimo compleanno, ma tornerò per quello dopo lo prometto."

Vedevo davanti a me lunghi mesi, lunghi periodi di tempo in cui non avrei avuto niente da aspettarmi nessuna visita improvvisa. Era peggio sapere per certo che non sarebbe venuto, almeno quando c'era la possibilità potevo nutrire una speranza. Spinsi via la sua mano e mi alzai voltandogli le spalle.

"Mamma ha ragione, a te non importa di me."

"Certo che ci tengo a te, Primrose."

"Non sono la tua Primrose. Non sono niente per te. Non sei nemmeno mio padre vero?"

Corsi in casa, lasciando Adam seduto sull'erba. Sbattei la porta sul retro dietro di me e ignorando lo sguardo interrogativo di mia madre, corsi in camera mia.

Dopo circa mezz'ora che Adam se n'era andato e, dopo che avevo inzuppato il cuscino di lacrime, sgattaiolai sul pianerottolo ed ascoltai una conversazione tra la mamma e la nonna.

"Cosa le ha detto?" disse la nonna con una punta di cospirazione nella voce.

"Non ne ho idea. Qualsiasi cosa fosse puoi esserne certa che non sarà la verità."

"Pensi che sia abbastanza grande per sapere la verità?"

"Ha dieci anni, mamma. Probabilmente non ti ricordi cosa si prova, ma io lo ricordo bene."

"Lei non è come te, Audrey. Ha un carattere diverso, inoltre ha avuto una vita molto diversa dalla tua."

"Mi hai cresciuto e hai fatto ancora di più dandomi una mano nel far crescere Libby, quindi, non è così diverso."

"Tuo padre c'era quando avevi la sua età, ogni sera, ogni fine settimana. C'era una stabilità che Libby non ha mai avuto. Inoltre, c'è quella sua immaginazione."

"Allora, più simile a te che a me?" Il tono della mamma somigliava a quello di un bambino petulante e mi domandai chi fosse l'adulto nella nostra relazione.

Non volevo saperne di più, mi ritirai nella mia camera da letto presi la foto di Adam dal diario e la studiai, desiderando che mi fornisse le risposte che desideravo da tanto tempo.

QUATTRO

ANCHE SE ERO IN collera con lui, è stato dopo quella sua visita che iniziai a pensare a Adam come padre. Posso dire che la mamma voleva che lo odiassi, il che mi spinse ad amarlo ancora di più. Davo ad Adam uno status nella nostra famiglia che pensavo meritasse; era mio padre e anche se lo vedevo poco più di una volta all'anno ero certa che mi amasse.

Sapevo che mamma mi voleva bene come le volevo bene anche io, ma come la maggior parte degli adolescenti di dieci anni credevo di poterlo dare per scontato. Papà era un uomo misterioso che entrava e usciva dalla mia vita. Al contrario non c'era niente di misterioso in mia madre. L'avevo vista tutti i giorni da quando ero nata. Era abitudinaria, il che doveva averla resa un'eccellente infermiera.

La maggior parte delle mattine rientrava dal suo turno notturno più o meno nel periodo in cui la nonna si stava preparando per portarmi a scuola. Se ora chiudo gli occhi per ricordare l'immagine di mia madre allora, sarebbe quella di una donna con occhi stanchi, le guance pallide e uno sguardo teso, come se rimanere svegli fosse uno sforzo.

Ora so che la mamma mi ha partorito quando aveva solo diciassette anni. Posso solo immaginare quanto sia stato insostenibile. L'illegittimità è ancora un argomento tabù, ma allora proprio mentre la guerra stava finendo, deve essere stato a dir poco devastante. Molte giovani donne che erano rimaste 'in stato interessante' si trovarono cacciate dalla famiglia affrontando una vita di povertà e disapprovazione. E solo ora, che ho solo qualche anno in più di mia madre di quando mi ha avuto, che mi rendo conto di quante poche opzioni aveva avuto. Se avere un figlio fuori dal matrimonio era impossibile, lo era anche liberarsene. L'aborto era illegale e lo è ancora. Le donne che cercavano una via d'uscita usufruendo di servizi al di fuori della legge rischiavano terribili infezioni da strumenti sporchi, stanzette sporche. Tali pratiche hanno lasciato alcune donne sterili, altre hanno perso la vita insieme a quella del loro bambino.

Tutto sommato sono stata fortunata, anche se a dieci anni non lo capivo. La nonna non ha mai vacillato nel suo sostegno per la mamma e per me e, poiché era un'insegnante così rispettata e a tutto tondo un 'pilastro della comunità' nessuno ha mai osato sparlare di noi. Almeno non a portata d'orecchio.

Ma ho fatto paragoni tra le nostre vite e quella di Imogen. Andavo a casa dei Rutherford e vedevo sua madre con un bel vestito, uno stile che avevo visto indossare ad Audrey Hepburn nei manifesti dei film. Il vestito metteva in risalto la vita sottile della signora Rutherford, la gonna a ruota svolazzava mentre trafficava in cucina. La vita della mamma era abbastanza snella da portare esattamente lo stesso stile. Invece, quando non indossava la divisa da infermiera, indossava una vestaglia informe.

Il denaro potrebbe essere stato parte del problema. Il signor Rutherford era un direttore di banca e magistrato locale, sua moglie non aveva bisogno di lavorare e sembrava che non mancassero i fondi per la loro famiglia. Al contrario, la nostra famiglia era abituata a gestire un budget limitato. Mamma e nonna si sedevano insieme la domenica pomeriggio, dopo avermi mandato in giardino. Quello era il loro momento di 'fare i conti'. Il vecchio barattolo di Brooke Bond che si trovava sul davanzale della cucina non conteneva più il tè, ma era la riserva per il nostro 'giorno di pioggia'. Tutte le monete rimaste, dopo che tutte le bollette erano state pagate, andavano in quel barattolo.

Una sera, mentre la mamma era al lavoro e la nonna mi guardava mentre mi lavavo i denti, le avevo chiesto. "Come mai metti sempre dei soldi in quel barattolo, ma non ne prendi mai?"

Era andata in cucina e aveva preso il barattolo. Lo aveva stretto a sé. "Abbi cura dei penny e le sterline si prenderanno cura di sé stesse." Mi aveva detto, il che non aveva significato per me in quel momento e non ha molto senso per me neanche adesso.

Ma dopo tutto questo lesinare e risparmiare e la totale indifferenza di mamma per tutto ciò che era elegante o 'all'avanguardia' mi hanno fatto decidere di essere l'opposto. Ogni volta che ne avevo l'occasione davo un'occhiata alle riviste di moda in edicola, cercando di memorizzare le ultime mode, ripromettendomi che un giorno quando avrei guadagnato i miei soldi avrei mostrato a tutti quanto potevo essere trendy.

Tutto sommato, le mie influenze esterne erano più vivide ed eccitanti del mondo che esisteva all'interno della famiglia Frobisher. Stavo ancora leggendo avidamente libri di fantascienza e parallelamente alla lettura del libro continuavo a scrutare *The Times*.

Fu nel settembre del 1955 appena un mese dopo l'ultima visita di papà che il mio mondo iniziò a crollare. James Dean - il sosia di mio padre - si era schiantato con la macchina in California ed era morto. Aveva ventiquattro anni. Ho letto l'articolo più e più volte, non volendo crederci. I titoli furono pubblicati di sabato, il giorno dopo l'incidente automobilistico; quindi, quando arrivai in cucina stringendo a me il giornale, né la mamma né la nonna mi hanno considerata. La nonna stava sbattendo delle uova per fare un pan di spagna, e la mamma era impegnata a lavarsi le mani.

"Guardate," dissi, sperando che mi rassicurassero che l'articolo era solo una bufala. Ho sbattuto il giornale sul tavolo della cucina, poi ho cercato di allontanare la mamma dal lavandino.

"Libby, ho le mani bagnate. Cosa c'è? non puoi aspettare qualche minuto?"

"Vuoi guardare questo?" gridai, liberando tutta la frustrazione che stavo provando, senza trattenermi.

La nonna aveva smesso di sbattere le uova e aveva guardato prima me, poi il giornale. Alla fine, la mamma si era asciugata le mani e si era voltata verso il tavolo.

"Libby, qual è il problema?"

A quel punto ho preso il giornale sono corsa nel giardino sul retro, buttandomi sull'erba. Ero ancora lì, dieci minuti dopo, quando la nonna è venuta a cercarmi.

"Ora di cosa si tratta, Libby? Non c'è bisogno di ridursi in uno stato del genere vero? È molto triste per James Dean certo che lo è. Ma non è che tu lo abbia conosciuto. Comunque, ha vissuto laggiù in America. È delle persone intorno a noi che dobbiamo preoccuparci."

"È proprio così", dissi.

Si sedette accanto a me e mi prese la mano tra le sue.

"Che ne dici di dirmi di cosa si tratta veramente? Cos'è che ti ha turbato tanto?"

"È papà."

"Ah." Era un semplice segnale che aveva capito, aveva fatto il collegamento senza che dovessi spiegare tutto.

"Sei preoccupata per tuo padre?"

Ho annuito, troppo confusa ed emozionata per riuscire ad esprimere tutte le parole nel giusto ordine. Il mio cervello era stato in fermento con tutte le possibilità per così tanto tempo, cercando di capire le implicazioni e fallendo irrimediabilmente.

"Ti manca vederlo, vero?" disse la nonna

"Sì, ma non è questo il peggio. Non è che io sia abituata alla sua presenza."

"E allora quale è la cosa peggiore?"

"I segreti."

"Quali sarebbero i segreti?"

Mi spostai sull'erba in modo da sedermi di fronte alla nonna, invece che accanto a lei.

"Tu e la mamma parlate di lui quando non ci sono, o quando pensate che non possa sentirvi. Ma lui è mio padre. Merito di sapere tutto quanto sapete su di lui. Altrimenti non è giusto."

Mi aspettavo una risposta standard, qualcosa sulla falsariga della 'la vita non è giusta dovrai solo abituarti'. Ma questa era Phyllis Frobisher, una donna che aveva affrontato così tante cose nella sua vita, educando centinaia di bambini, sopravvivendo a una guerra e alla perdita del marito e poi aiutando la figlia adolescente a crescere una figlia illegittima. La sua risposta non sarebbe mai stata un semplice tentativo di placarmi, le sue esperienze di vita le avevano insegnato molto di più su ciò che spinge le persone a sapere che un commento così usa e getta non avrebbe mai funzionato. E così è stato, mentre sedevo nel giardino di mia nonna, quel giorno, ho sentito per la prima volta la parola che mi terrorizzava più degli alieni immaginari o dei treni fuori controllo.

Prigione.

La parola è uscita nel bel mezzo di una lunga spiegazione, ma non ho assorbito altro. La mia mente si aggrappava a quella singola parola, ripetendola di nuovo dentro di me l'eco bloccava tutto il resto delle parole della nonna, che fluttuavano accanto a me inascoltate. Doveva avermi parlato allora del reato che aveva commesso, della durata della pena, tutti i perché e percome, ma le mie orecchie erano chiuse a tutto ciò.

Il mio pensiero era focalizzato solo sull'immagine che avevo in mente di mio padre, felice e sorridente, in una cella di prigione spoglia, con il viso premuto contro le sbarre.

CINQUE

Non ricordo se uscii di casa in pantofole o sandali. Indipendentemente da ciò, quello che indossavo ai piedi, mi rallentava, corsi più veloce che potevo e non smisi di correre sino a che non raggiunsi la casa di Imogen.

Imogen e suo fratello Clive, stavano giocando a tennis nel giardino sul retro. Ero stata a casa loro abbastanza spesso da sapere che ero la benvenuta. Non avevo mai usato la porta d'ingresso, sono corsa lungo il sentiero laterale, ho spinto il cancello in ferro battuto e mi sono praticamente gettata tra le braccia di Imogen.

"Devi aiutarmi," urlai, La tirai da parte ignorando lo sbuffo di irritazione di suo fratello perché il loro gioco era stato interrotto.

"Che cosa c'è? È successo qualcosa?"

"È mio padre." Fu solo mentre pronunciavo quelle parole che inizia a rendermi conto che non avevo veramente ascoltato quello che mi aveva detto la nonna. Avevo smosso tutto a prescindere. "Penso che sia in prigione."

La mia voce si ridusse a un sussurro quando realizzai dove mi trovavo e chi poteva essere in ascolto. In qualità di magistrato locale, il signor Rutherford sarebbe stato contrariato che Imogen fosse amica della figlia di un detenuto. Se avesse sentito la verità su mio padre, sarei stata bandita da casa loro per sempre.

Imogen mi condusse in fondo al giardino, oltre un filare di sicomori. Ci siamo sedute su una panchina ricavata da un vecchio tronco d'albero.

"Cosa ha fatto tuo padre? Perché è stato mandato in prigione?"

Le ho detto quel poco che sapevo, che era quasi niente.

"Sai che viene sempre a trovarmi intorno al mio compleanno e sai che quest'anno non è venuto a trovarmi affatto." Non c'era bisogno che le ricordassi quei mesi in cui la tormentavo con le mie paure di incidenti automobilistici e alieni.

"Tuttavia, è venuto il mese scorso. Hai detto che sarebbe andato in Grecia."

Di fronte ai dubbi di Imogen avevo iniziato a sentirmi meno sicura. Ma dopo un attimo di esitazione ho continuato.

"Vado a cercarlo, Gen."

"Come?"

Mi venne in mente l'immagine del barattolo di Brooke Bond. Il 'giorno di pioggia' era arrivato anche se il sole splendeva. Mentre mi sedevo accanto alla mia amica formulai un piano. Tornavo di soppiatto in casa, prendevo il barattolo ed il suo contenuto e lo usavo per comprare un biglietto del treno per Brighton. Solo una volta avevo sentito parlare di Brighton in relazione a papà. Fu dopo la sua ultima visita, quando mamma e nonna si lamentavano della sua mancanza di impegno.

"Sì, è fatto coinvolgere da una folla di fannulloni, tipi artistici, musicisti di ogni sorta," aveva detto la mamma. "Brighton ne è piena."

"Ruberai a tua madre?" le parole di Imogen mi fecero rifocalizzare

"Non è rubare. Quei soldi sono lì per le emergenze. Bene questa è un'emergenza."

"Quanto pensi di andare lontano? La gente non si chiederà cosa stai facendo da sola su un treno?"

"Dirò che sto andando a trovare un parente, il che avverrà, in verità."

Ora avevo un piano, non volevo rimandare.

"Vorrei poter venire con te, ma papà mi ucciderebbe. Sarei in punizione per settimane."

Mi alzai e affrontai la mia amica. "Adesso devo andare, Gen. Augurami buona fortuna."

"Non andare, Libby. Ho un brutto presentimento riguardo a questo."

L'ho abbracciata e sono scappata attraverso il cancello in fondo al suo giardino, che dava su una mulattiera e poi sulla strada.

Entrare in casa mia e uscirne di nuovo, con la scatola di Brooke Bond nelle mie mani- il tutto senza essere vista - era un problema. Dato che era un fine settimana, non aveva senso aspettare che la mamma andasse al lavoro. Di rado era di turno di sabato sera, e anche allora la nonna sarebbe stata sempre nei paraggi. Ma in questa occasione il tempo sarebbe stato mio alleato. Faceva troppo caldo per cucinare o per le faccende domestiche. La nonna si sarebbe occupata del suo giardino e c'era la possibilità che avrebbe convinto la mamma ad aiutarla.

Era passata solo un'ora o giù di lì da quando ero uscita di casa, non abbastanza perché nessuno delle due si preoccupasse troppo per me. Probabilmente avrebbero immaginato che fossi andata da Imogen e che presto sarei tornata, dopo essermi calmata.

C'era un punto nel giardino sul retro dal quale potevo vedere la parte destra del nostro viale anteriore mentre ero nascosta da un grande cespuglio di ortensie. Rimasi lì per qualche istante e vidi la nonna che potava delle rose, con la mamma accanto a lei che tendeva un cestino per prendere i fiori appassiti. Strisciai lungo il sentiero, aprii la porta d'ingresso, afferrai la scatola di Brooke Bond dal davanzale della cucina e corsi di nuovo fuori lasciando la porta socchiusa in modo che il rumore della chiusura non allertasse nessuno.

Tuttavia, non avevo fatto i conti con il rumore della latta. Le monete tintinnavano a ogni passo che facevo. Svuotare il barattolo e mettermi le monete in tasca sarebbe stato altrettanto rumoroso. Presi invece il fazzoletto dalla tasca e lo infilai nel barattolo premendolo con forza in modo che le monete non si muovessero.

L'autista dell'autobus mi aveva lanciato uno strano sguardo quando avevo aperto il barattolo per prendere i soldi del biglietto. Così, appena arrivata alla stazione ferroviaria, ho trovato una panchina tranquilla e ho svuotato il contenuto in grembo. Fui tentata di chiedere all'uomo che era dietro la biglietteria ferroviaria di cambiarmi le monete in banconote, ma decisi di non farlo. Presi, invece, i sei penny e gli scellini e rimisi tutte le monete rimaste nel barattolo, fissandolo ancora una volta con il fazzoletto.

Dopo aver comprato il biglietto del treno e aver aspettato il treno per mezz'ora ho avuto il tempo di pianificare la mia prossima mossa. Quando sarei arrivata a Brighton avrei chiesto in giro l'indirizzo della prigione e speravo che ci fosse un autobus mi portasse dritto alla porta della prigione.

Una volta sul treno, ho guardato fuori dal finestrino e ho evocato un'immagine del viso di papà. Il suo sorriso sarebbe stato garantito una volta che mi avesse visto. Sarebbe valsa la pena di tutte le sgridate e le parole dure che avrei ricevuto da mamma e nonna una volta tornata a casa. Sapevo che prima o poi sarei dovuta tornare a casa, ma almeno avrei visto papà e forse avrei potuto persuaderle a lasciarmi andare a trovarlo in prigione una volta al mese, anche una volta alla settimana fino alla fine della pena.

Questi pensieri mi avevano tenuta occupata per il viaggio di un'ora e mi avevano aiutato a ignorare le fuggevoli occhiate che ho ricevuto dagli altri passeggeri, che sembravano incuriositi di vedere una ragazza seduta da sola in un vagone ferroviario, avvinghiata saldamente a un barattolo di Brooke Bond.

Arrivata a Brighton, mi sono presa il mio tempo per scendere dal treno, facendo scendere prima tutti gli altri, in verità, ora che ero qui, mi sentivo scoraggiata dal compito che mi attendeva. Camminai lentamente verso i cancelli di accesso, senza accorgermi che i due uomini in uniforme in piedi accanto ai funzionari delle ferrovie non erano ferrovieri. Quando mi sono avvicinata ed ho porto il mio biglietto, uno dei poliziotti ha messo la mano sulla mia spalla.

"Elizabeth Frobisher?"

Gli scrollai via la mano. "Nessuno mi chiama Elizabeth, sono Libby."

La presenza dell' uniforme non mi ha turbato, anzi l'ho vista come un'opportunità. "Spero che lei possa aiutarmi, agente. Devo trovare la prigione. Mio papà è detenuto lì ed è molto importane che io lo vada a trovare."

Entrambi i poliziotti sembravano trovare divertente la mia dichiarazione. Poi il più alto dei due smise di ridacchiare e ricompose il viso assumendo un'espressione di disapprovazione.

"Tua madre è preoccupata. Dobbiamo riportarti a casa."

"Non posso tornare a casa fino a che non avrò visto mio padre." Mi sono allontanata dall'ufficiale, ma lui ha allungato la mano e mi ha tirato indietro.

"Non sappiamo niente di suo padre, signorina, ma sappiamo che lei ha causato un bel panico."

Mi hanno portato verso un'auto della polizia che era in attesa e sono rimasta seduta in silenzio per gran parte del viaggio verso casa.

Feci solo una domanda, per la quale già conoscevo la risposta.

"Come sapevate dove trovarmi? È stata Imogen, vero?"

"La tua amica ha fatto la cosa giusta. Era preoccupata per te. Lo ha detto a suo padre e il signor Rutherford ci ha telefonato. Una ragazza come te, sparire in quel modo, hai fatto prendere un bello spavento ai tuoi amici e alla tua famiglia."

Ho riflettuto sulle sue parole. Con il senno di poi, ho potuto capire che avevo fatto a mamma e nonna quello che papà aveva fatto a me.

SEI

E così, in quel sabato rovente, quando avevo dieci anni e mezzo, ho appreso alcune verità su mio padre.

La nonna si è fatta da parte, lasciando che fosse la mamma a raccontarmi la storia. Ci siamo sedute insieme al tavolo della cucina con la porta sul retro e la finestra spalancate per favorire il passaggio dell'aria. La mamma ha iniziato dal momento che per lei era stato l'inizio, prima di incontrare Adam, ma non prima di avere il cuore in pezzi.

"Ti ricordi che ti avevo detto che mi ero offerta volontaria durante la guerra? Avevo solo pochi anni più di te adesso. Ero solita andare all'ospedale mi sedevo al capezzale dei soldati feriti e li aiutavo a scrivere lettere ai loro cari."

"Perché non sapevano scrivere?" chiesi cercando di arrivare al punto evitando gli eventi che avevano per me poco significato.

"Perché non potevano vedere. Alcuni di loro avevano perso del tutto la vista, per altri era temporaneo. Loro erano i soli fortunati. Comunque, c'era questo ragazzo, John, beh, suppongo di essermi presa una cotta per lui. Era più grande di me ma mi faceva ridere e quando è stato dimesso dall'ospedale siamo rimasti amici."

"Amici?" Sapevo abbastanza per capire che c'erano vari tipi di amicizie. Forse questo John era davvero mio padre e non Adam. Stavo saltando a conclusioni ridicole.

"Solo amici," disse, l'accenno di un sorriso si era insinuato sul suo volto. "Poi John si è riunito al suo battaglione ed è stato rimandato al fronte. Aveva promesso di scrivermi."

"E lo ha fatto?"

Il sorriso era svanito dal suo volto sostituito da qualcosa molto più triste.

"Dopo poco tempo che era tornato in Francia è stato ucciso. Non ho avuto sue notizie per tanto tempo. Per quanto riguarda la sua famiglia e per l'esercito, ero solo una conoscente. Passarono mesi senza lettere, così andai a trovare sua madre e lei me lo disse."

Le sue spalle si incurvarono e mi chiesi come sarebbe continuata la storia da qui. Finora non aveva nemmeno nominato papà e, per quanto fosse triste la morte di John, non sapevo niente di lui. Non potevo dispiacermi per qualcuno che non avevo mai incontrato. Mi dimenai sulla sedia, sperando che percepisse la mia impazienza.

"Ho giurato di non avere più niente a che fare con i ragazzi. Ho continuato a fare volontariato in ospedale, ma mi sono assicurata di aiutare solo i soldati più anziani. Qualche volta, questo, mi ha messo nei guai con la caposala, ma c'erano molte altre volontarie che erano più che felici di scambiare con me. Coglievano l'occasione per sedersi accanto al letto di giovani soldati e aviatori.

"Poi un giorno, sono andata al capezzale di un aviatore il cui aereo era stato abbattuto proprio mentre stava tornando alla base, il suo viso era stato gravemente ustionato anche le sue mani. Mi stava dettando una lettera quando era arrivato Adam. Ho scoperto dopo che Adam era suo figlio."

"E tu ti sei innamorata, proprio così?"

Volevo credere in un finale da favola, anche se già sapevo che non ce n'era uno.

"Non ho parlato con Adam la prima volta che l'ho visto. Lui è arrivato ed io sono andata via. Poi dopo qualche giorno tua nonna ha ricevuto un telegramma che comunicava che tuo nonno era stato ucciso."

Abbassai lo sguardo sulle mani della mamma che erano strettamente unite. Stavo cominciando a desiderare che non avesse mai iniziato la storia, dato che sembrava contenere solo tristezza. Avevo immaginato i miei genitori giovani, spensierati, tuttavia sembrava che la loro relazione fosse oscurata da un brutale sofferenza.

"Sono andata in ospedale quel giorno, ma non sono entrata," ha continuato. Mi sono seduta su una delle panchine nel cortile dell'ospedale. Era primavera ma non era abbastanza caldo per stare senza giacca. Quando Adam mi ha visto tremare si è seduto accanto a me e mi ha messo un braccio intorno alle spalle ed io ho iniziato a piangere e non riuscivo a smettere. Ho pianto per John e per mio padre e per tutti i poveretti dell'ospedale le cui vite erano state cambiate per sempre dalla benedetta guerra."

"E poi ti sei innamorata?"

Deve essere stato qualcosa nella persistente semplicità delle mie domande a farla sorridere.

"No, tesoro, non ci siamo mai innamorati. Non proprio. Ma Adam riusciva a far risplendere il sole, anche quando le nuvole minacciavano di oscurare tutto."

"Con il suo sorriso?"

"Sì, con il suo sorriso. Si rifiutava di parlare di qualcosa di triste o negativo. Mi ha fatto credere che la vita poteva essere bella, che sarebbe stata bella di nuovo, nonostante tutto quello che era successo."

"Non ti sei voluta sposare?"

Per tutto il tempo in cui la mamma aveva parlato il rubinetto della cucina aveva gocciolato, fornendo una colonna sonora ripetitiva alla sua storia, come quella di un orologio che ticchettava. Si alzò e si avvicinò al lavandino cercando di chiudere il rubinetto.

"Una nuova guarnizione, penso." Stava parlando da sola, come se si fosse dimenticata che ero lì. "Adam non è tipo da matrimonio," disse, come se stesse ripetendo un'affermazione che le era stata detta.

Forse era quello che papà aveva addotto come scusa. Ma sentirglielo dire mi fece arrabbiare. *Tuttavia, quale sarebbe il tipo da matrimonio? Può qualcuno scegliere semplicemente una vita di irresponsabilità, anche quando il risultato è che qualcun altro deve occuparsi di tutte le conseguenze?*

"Ed ora è in prigione e ne sono contenta, perché ti ha deluso, ci ha deluse, quindi se lo merita." dissi con enfasi.

All'improvviso avevo abbandonato la mia fedeltà. Da l'età di tre anni, quando mi fu presentato Adam per la prima volta, lo avevo idolatrato .Gli avevo perdonato tutte le sue assenze e avevo incolpato mia madre per tutto ciò che consideravo sbagliato nella mia vita. Ma ora avevo capito una verità diversa, quella in cui mio padre si era approfittato di mia madre in un momento in cui era addolorata e vulnerabile. Poi una volta che aveva fatto i suoi comodi con lei, l'aveva lasciata a bocca asciutta. Con l'aiuto della nonna la mamma mi aveva permesso una buona vita e in cambio ero stata scontrosa e ingrata.

Mi avvicinai alla mamma, che era ancora al lavello della cucina, dandomi le spalle. Avvolsi le mie braccia intorno alla sua vita.

"Mi dispiace tanto, mamma." Le parole non erano sufficienti per annullare il mio comportamento sconsiderato, ma speravo che apprezzasse il fatto che rappresentavano un punto di svolta.

Si girò verso di me, mettendomi le mani sulle spalle. "Oh, Libby, non devi scusarti niente di tutto questo è colpa tua. E tesoro, in qualche modo sei fuori strada. Tuo padre non è in prigione."

SETTE

AVEVO DIECI ANNI, MA mi sentivo come se ne avessi quindici. Pensavo di sapere tutto, mentre ovviamente, sapevo molto poco e capivo ancora meno.

Quando la mamma mi aveva preso per mano e mi aveva condotto fuori nel giardino sul retro, non avevo fatto domande. Invece ripensavo a tutto quello che era avvenuto nelle ore precedenti. Mi sentivo come se fossi stata su una rotatoria che girava troppo velocemente, con le cose che apparivano alla mia vista e poi svanivano di nuovo.

Mentre ci avvicinavamo la nonna era inginocchiata per terra accanto a una delle aiuole. Sembrava raccogliere insetti da una coltivazione di fagioli.

"Vi siete chiarite adesso," aveva detto la nonna, continuando a concentrarsi sul suo compito.

"Siamo lontane dal chiarimento," aveva detto la mamma. "Sembra che Libby abbia frainteso quello che hai cercato di dirle su Adam e la prigione."

La nonna si era tolta i guanti da giardinaggio e si era rimessa in piedi.

"È meglio che ti lasci con tua nonna e questa volta, Libby non interrompere, non perdere le staffe, ascolta e basta." La mamma aveva enfatizzato l'ultima parola, mi aveva stretto la mano e poi era tornata in cucina.

"Dai, facciamo una passeggiata," aveva detto la nonna. "Dobbiamo trovare un po' d'ombra."

La seguii lungo il sentiero laterale, sulla strada che portava a un vicino parco giochi. C'erano diversi bambini che usavano l'altalena e la giostra, sorvegliati da un paio di donne sedute sull'unica panchina disponibile.

La nonna fece un cenno verso il lato opposto dell'area giochi dove uno stretto sentiero conduceva a un piccolo gruppo di faggi. Si sedette e si appoggiò al tronco di uno di loro. Mi inginocchiai accanto a lei e iniziai a raccogliere l'erba e il trifoglio intorno a me.

Da quando eravamo uscite di casa la nonna non aveva detto una parola. Immaginai che stesse cercando di capire cosa dirmi oltre a come esprimerlo. Dato che il suo primo tentativo di spiegazione era andato così male.

"Tuo padre non è un uomo cattivo." disse con una nota di cautela nella voce. "Ma è facilmente influenzabile."

Fece una pausa e per un momento mi chiesi se fosse così tutta la sua analisi su mio padre. Presi fiato sul punto di alzarmi in sua difesa, quando lei mi fermò con una mano.

"Ricorda, Libby, niente interruzioni."

Mi coprii la bocca con una mano come per confermare che stavo ascoltando le sue istruzioni.

"Dopo la morte di tuo nonno, tua madre l'ha presa molto male. Amava moltissimo suo padre e per un po' divenne un po' sfrenata."

Non riuscivo ad immaginare che la mamma fosse 'sfrenata' e la mia espressione interrogativa probabilmente lo indicava.

"Bene, è stato allora che si è messa insieme ad Adam, e subito dopo ha scoperto che ti stava aspettando. All'inizio non voleva dirlo ad Adam. Era arrabbiata con lui ma in verità credo che fosse più arrabbiata con sé stessa per averlo lasciato accadere."

Mi lanciò un'occhiata come per controllare che stessi ancora ascoltando. Vedendo che ero inchiodata al mio posto aveva continuato.

"L'ho persuasa a dirglielo. Lui venne a casa, li ho lasciati a parlare insieme in salotto. Ho indugiato in cucina e non mi vergogno a dire che ho origliato. Non appena tua mamma ha spiegato che era in stato interessante, tutto è andato tranquillo. Avevo incontrato Adam, un paio di volte e ho sempre pensato che fosse un bravo ragazzo, ma un po' sognatore. Prevedevo che avrebbe avuto difficoltà con la notizia, ma non potevo essere sicura di come l'avrebbe affrontata. Dopo un po' l'ho sentito gridare diventerò papà, non ci posso credere. C'era vera gioia nella sua voce, ma tua madre piangeva mentre glielo diceva ed era come se lui fosse ignaro di tutte le implicazioni. Lei ha iniziato a spiegargli che sarebbe stato impossibile, non erano sposati, non avevano un posto dove vivere e pochi o niente soldi. Allora tacque e pochi istanti dopo arrivò in cucina. Mi disse che gli dispiaceva per tutti i guai che aveva causato ma che avrebbe sistemato tutto."

"Eri arrabbiata con lui?"

"Tesoro, so tutto sulle tentazioni che affrontano i giovani uomini e donne. Anche io sono stata giovane una volta, ricordi?"

Capii a cosa si riferiva la nonna e mi fece arrossire. Quel poco che sapevo su come nasce un bambino l'avevo letto in un libro in biblioteca. Non riuscivo ad immaginare che mamma e Adam avessero fatto del sesso, era un atto così intimo, eppure lei adesso riusciva a malapena a sopportare di trovarsi nella stessa stanza con lui. Niente di tutto ciò aveva senso.

"Adam voleva provvedere a tua madre, il che significava che aveva bisogno di soldi. Aveva diciassette anni, la stessa età di tua madre, nessun mestiere di cui parlare e nessuna opportunità immediata di guadagnare i soldi che sarebbero stati necessari. Purtroppo, all'epoca faceva parte di un gruppo di ragazzi sempre nei guai con la polizia. Libby non c'è un modo semplice per dirlo ma Adam ha commesso un reato."

Mi sono resa conto che stavo trattenendo il respiro. Quando ho preso una boccata d'aria, mi ha fatto tossire e la nonna mi ha massaggiato la schiena per un momento mentre riprendevo il controllo sufficiente per parlare.

"Ed è allora che è andato in prigione?"

Lei annui. "Aiutò alcuni amici a rapinare un giornalaio, lui era quello che guidava la macchina. Ovviamene sono stati tutti catturati.

Non erano stati attenti a pianificare . Hanno fatto irruzione nel negozio un venerdì sera e comunque la maggior parte degli incassi di quel giorno erano stati già tolti. Nella cassa era rimasto poco o niente. Ma il negoziante e sua moglie abitavano sopra il negozio e il pover'uomo era sceso quando aveva sentito dei rumori . Uno degli amici di Adam lo aveva aggredito ed è per questo che la sentenza è stata più dura di quanto avrebbe potuto essere."

"E per questo che non ho incontrato papà fino all'età di tre anni?"

I raggi di luce che brillavano attraverso i rami dell'albero creavano disegni sul terreno. Feci scorrere il dito su di loro ricordando quel primo incontro con Adam, e come doveva essere stato per lui. Mi chiesi se la mamma fosse andata a trovarlo mentre era in prigione. Forse gli aveva scritto, forse aveva una mia foto appesa al muro della sua cella.

"Tua madre ha detto ad Adam che non gli avrebbe mai permesso di essere pienamente coinvolto nella tua vita. Poteva farti visita ma niente di più. Vedi, lei non si fidava più."

"Ma lui voleva solo aiutare. Per ottenere dei soldi così avremmo potuto essere una vera famiglia. Cosa c'è di così sbagliato in questo?" Mi alzai e voltai le spalle alla nonna in modo che non potesse vedere le lacrime che stavano iniziando a scendere. "Non è permesso a tutti di fare un errore?" Mi chinai in avanti concentrandomi sul terreno in modo che le mie parole risultassero poco più di un sussurro.

"Se avesse preso una strada diversa, si fosse trovato un lavoro fisso, forse sarebbe stato diverso," disse la nonna. "Ma da quando è uscito di prigione è andato alla deriva. Non credo che sarà mai pronto a sistemarsi."

"Cosa c'è di bello nell'essere 'sistemati' comunque? È molto noioso. Fare la stessa cosa ogni giorno, senza avere mai avventure. Almeno papà ha delle avventure."

Queste rivelazioni su papà significavano uno scivolamento in tutto il coordinamento che aveva incorniciato la mia vita fino a quel momento. Pensavo di aver capito cosa fosse giusto o sbagliato, buono o cattivo. Invece stavo scoprendo che c'era tutta una serie di altri livelli intermedi. Mi sentivo come se fossi in piedi su un pezzo di sabbia che affonda cercando di afferrare qualcosa di forte e affidabile e realizzare che non c'era niente o nessuno a portata di mano.

OTTO

Passarono quasi sei mesi prima che rivedessi mio padre. Le vacanze di metà trimestre, il Martedì Grasso e il mio compleanno coincisero anche quell'anno e la mamma mi promise dei pancake per colazione. Dopo le lunghe discussioni che avevano avuto luogo quell'estate, quasi speravo che papà non si facesse vivo. Quando pensavo a lui mi sentivo così in conflitto. Era come se fossi seduta su un fulcro di un'altalena, le miei alleanze si inclinavano costantemente da una parte all'altra. Mio padre aveva commesso degli errori, ma anche mia madre. La colpa poteva essere distribuita in ugual misura. Certi giorni ero arrabbiata con lui, pronta a lanciargli accuse per il modo in cui trattava la mamma e me. Altri giorni ero arrabbiata con la mamma, perché si era aggrappata al rimpianto e al risentimento per così tanto tempo. Volevo qualcuno da incolpare, solo allora avrei potuto risolvere le mie emozioni confuse.

Il giorno del mio compleanno mi ero svegliata presto, ascoltando la mamma che si muoveva al piano di sotto. Ho immaginato i tre regali che sapevo mi stavano aspettando. Imogen mi aveva fatto un regalo splendidamente avvolto in carta cremisi, legato con un nastro intonato. Stavo cercando di indovinarne il contenuto, soppesandolo nella mano e scuotendolo per vedere se vibrava. Mi ero convinta che potesse essere un fermacarte perché era così pesante, ma non riuscivo ad immaginare perché avrebbe comprato una cosa del genere. Un fermacarte era il tipo di regalo che poteva scegliere per suo padre, ma sembrava una strana scelta per una sua amica di undici anni.

Accanto al regalo di Imogen c'era qualcosa di grande e soffice della nonna (la mia ipotesi era un maglione fatto a mano) e quello della mamma aveva una forma che poteva essere solo un libro. Il Signore degli Anelli era stato pubblicato proprio l'anno prima ed io non avevo parlato d'altro. La nonna mi aveva detto di essere ragionevole e aspettare che fosse negli scaffali della biblioteca, ma continuavo a sperare che la mamma ne avesse comperata una copia. Quando ci ripenso ora, mi vergogno di quanto fossi ingenua. Invece di acquistare una copia rilegata di un tomo del genere avrebbe potuto permettersi di regalarsi un nuovo cappotto e sarebbe di quest'ultimo che aveva bisogno, molto più di quanto io avessi bisogno di un altro fantastico racconto per nutrire la mia immaginazione.

Scesi in cucina, il dietro delle mie pantofole acciaccato perché non avrei mai potuto scomodarmi a infilare tutto il piede dentro. La mamma era già tornata dal lavoro e stava iniziando a preparare la pastella per i pancake, sbattendo le uova in un modo tale da far pensare che il suo turno di notte fosse stato difficile. Mi dava le spalle quando entrai in cucina. Rimasi a guardarla, desideravo che si voltasse. Ero agitatissima. Volevo che tutto fosse eccitante, ma mentre mi guardavo intorno, in cucina, le bollicine dentro di me perdevano la loro frizzantezza. Anche se non riuscivo a vedere l'espressione della mamma, potevo distinguere il suo stato d'animo dal modo in cui aveva le spalle curve.

Fu mentre la mamma si dirigeva verso la dispensa per pendere la farina che la porta sul retro si spalancò ed entrò mio padre. Era abbronzatissimo dal sole dell'Egeo, la chitarra che portava in spalla indicava che aveva imparato più sulla musica che sulla pesca. Corsi verso di lui e gli gettai le braccia intorno alla vita, tutti i pensieri di collera svanirono mentre respiravo il suo odore. Era un misto di fumo di sigaretta e sudore; eppure, c'era un'amabilità in esso. La nonna profumava di lavanda, la mamma di disinfettante da ospedale, ma l'odore di papà era unico. Dopotutto, era l'unico uomo a cui mi fossi avvicinata abbastanza da notarne l'odore. Il signor Rutherford e gli insegnanti maschi a scuola di certo non contavano.

C'era stato un borbottio, come saluto da parte della mamma, e a malapena uno sguardo, ma ogni intento di snobbarlo gli era scivolato addosso mentre si liberava dal nostro abbraccio, indietreggiando per guardarmi.

"Sei diventata più alta almeno di un centimetro. Cresci ancora e mi avrai raggiunto," aveva detto, con quel sorriso che faceva diventare tutte le sue parole briose e piene di umorismo.

"Stiamo per mangiare dei pancake," dissi indicando la scodella che la mamma aveva ancora in mano.

"Certo. Abbastanza per me, credi?" Lui tirò fuori una sedia dal tavolo e si sedette, le sue lunghe gambe che si distendevano davanti a lui. Rimasi accanto a lui e pizzicai una delle corde della chitarra.

"Mi insegnerai a suonare?"

L'atmosfera che c'era nella nostra cucina, quella mattina, era un accumulo di anni di risentimenti inespressi di mamma. L'opinione di mamma su Adam era evidente e nemmeno era cambiata in undici anni.

L'ultima volta che avevo visto mio padre l'avevo visto camminare su per il sentiero, si stava allontanando da me verso una vita diversa. Non riuscivo a decidere se fosse fortunato o egoista. Avevo ricevuto due cartoline da lui, che mamma avrebbe strappato e buttato nella spazzatura, se non fossi arrivata prima io dal postino. Avevo appuntato le cartoline sulla parete della mia camera da letto, accanto al poster di Elvis e James Dean. Mi sdraiavo sul letto e immaginavo papà che sguazzava nel mare azzurro, o remava su una piccola barca per pescare il pesce che avrebbe cucinato su un falò fatto sulla spiaggia di sabbia bianca.

"Come è andata? Hai imparato a pescare come avevi detto che avresti fatto?" Avrei voluto essere trasportata dalla cucina di Tidehaven su una spiaggia greca.

"È il posto più bello che abbia mai visto, mare cristallino, sabbia così calda che alcuni giorni riesci a malapena a camminarci sopra. E un sacco di cibo a buon mercato e amore gratuito."

Arrossii e mi allontanai da lui. Era come se stesse schernendo la mamma. Non era giusto; lei non se lo meritava.

"E adesso la mia Primrose ha undici anni, quasi una signorina." Disse ignorando la mia espressione di disapprovazione.

"Che mi dite di quei pancake allora? Sono già pronti?" disse la nonna, entrando in cucina e facendo un rapido cenno a papà. Si mise accanto alla mamma che ci dava ancora le spalle.

Non vedevamo papà da più di un anno, eppure era come se fosse appena tornato da un giro nei negozi locali. Non mostravano alcun interesse per quello che aveva fatto, dove era stato o perché aveva scelto di tornare.

"Libby, prendi i limoni nel frigo, puoi?" La mamma si era avvicinata ai fornelli ed aveva acceso il gas. Papà ed io guardavamo il burro sfrigolare nella padella, il suo profumo fumante ed intenso. La nonna apparecchiò la tavola con quattro coperti, poi si sedette di fronte a papà, con un'espressione vuota. Aveva iniziato a cantare una melodia che non conoscevo, ma papà chiaramente la conosceva, quando ha preso la chitarra ed ha iniziato a strimpellare un accompagnamento. Se qualcuno fosse entrato in cucina il quel momento, avrebbe potuto pensare che fossimo una famiglia tranquilla e felice, che condivideva la routine della colazione che ci era familiare come respirare. Invece c'era un'atmosfera tesa che incombeva su ognuno di noi.

La mamma aveva versato la prima porzione di pastella nella padella e l'aveva mossa fino a ricoprire l'intera base della padella. L'aveva lasciata per qualche minuto finché non si era solidificata, poi proprio mentre stava girando la frittella con una spatola, papà era balzato in piedi e le aveva strappato la padella.

"Aspetta," aveva detto, "non la lanci in aria?"

La mamma lo aveva spinto via, lui aveva afferrato la padella e lei l'aveva ripresa. Poi mi sono dovuta inchinare perché la mamma aveva lanciato la padella ed il suo contenuto attraverso la cucina. La padella era atterrata sul pavimento con uno schianto risonante; la frittella era schizzata accanto ad essa.

Eravamo rimasti per alcuni istanti tutti in silenzio scioccati. La nonna fu la prima a parlare.

"Non è stato il tuo momento migliore," disse chinandosi verso il basso per rimettere i pezzi di pancake nella padella. "Direi che hai mancato completamente il bersaglio," aveva detto papà con un mezzo sorriso sul volto.

"Pensi di poter entrare nelle nostre vite e poi uscirne di nuovo, senza pensare a come questo influisce su Libby. Sono stufa di questo, stufa di te." La voce della mamma era bassa e controllata, come se era l'unica parte di lei che poteva controllare.

"Pensavo fossi arrabbiata per i pancake." La voce di papà era calma come sempre.

"Audrey." Aveva detto la nonna, mettendo delicatamente la mano sopra la spalla di mamma. "Tu siediti ed io organizzerò la colazione."

Compleanno o non compleanno sembra che quel giorno non avremmo mangiato pancake.

La mamma aveva allontanato una delle sedie dal tavolo e si era seduta proprio sull'orlo. Indossava ancora l'uniforme da infermiera, ma aveva sopra un grembiule. Tutto in lei era razionale, le sue scarpe basse con i lacci, i suoi capelli raccolti in una stretta coda di cavallo. Al contrario, tutto in papà era casual, la sua maglietta bianca, i blue jeans e la giacca nera trasandata, i suoi capelli arruffati come se non si fosse svegliato da molto.

"Voglio che tu vada via adesso," gli aveva detto la mamma.

"No," avevo detto, con più sicurezza di quanta ne avevo. "È il mio compleanno e voglio papà qui. E voglio che voi due siate gentili l'uno con l'altro. Dovete esservi piaciuti una volta. Altrimenti non sarei qui."

Feci una pausa, sperando che le mie parole non peggiorassero la situazione. Dato che nessuno aveva parlato, ho continuato.

"Non potete essere solo amici, per il mio bene?"

Tutti e tre gli adulti mi avevano guardato. Poi papà aveva parlato.

"Che ne dici se torno stasera per il tè? Vediamo se non possiamo salvare qualcosa della giornata. Per il bene di Libby."

"Ti piace pensare che tutto quello che fai, tutto quello che hai fatto, sia per il bene di Libby." La mamma aveva detto di getto le parole e, mi ero sentita come se il mio nome fosse stato lanciato in giro, usato come scusa per un rimprovero e un contro rimprovero.

Papà aveva preso la chitarra e aveva arruffato i miei capelli con la mano. "Tornerò più tardi, Primrose. Forse ti suonerò anche una melodia con questa." Strimpellò qualche nota sulla sua chitarra, poi si era voltato e se ne era andato all'improvviso come era arrivato.

Mi sono ritirata nella mia camera da letto, un peso di piombo sullo stomaco ha sostituito le bollicine frizzanti con cui avevo iniziato la giornata. Potevo sentire il mormorio sommesso della conversazione tra mamma e nonna, ma non mi interessava quello che avevano da dirsi. Il mio compleanno era stato rovinato. Sarebbe stato un giorno che avrei ricordavo per tutti i motivi sbagliati.

Sono rimasta in camera mia per gran parte della giornata, la mamma è venuta più volte , cercando di invogliarmi almeno ad aprire i regali. Ho scritto un cartello e l'ho attaccato alla porta della mia camera da letto.

Mi hai rovinato la vita.

Era un'esagerazione, ovviamente, ma in quel momento era così che mi sentivo.

Più tardi, quel pomeriggio, scesi al piano di sotto. La nonna era andata a fare la spesa, forse per distrarsi dalla tensione e la mamma era seduta in salotto, con gli occhi chiusi. Si era cambiata con un abito cremisi che non avevo mai visto prima. Anche i suoi capelli erano diversi, cadevano sciolti intorno al suo viso, addolcendo tutto di lei. Mi sedetti accanto a lei e aspettai che aprisse gli occhi.

"Ciao," disse e con quel semplice saluto fu come se tutto quello che era successo prima fosse stato dimenticato.

Era sera quando papà tornò. Girò nella cucina stringendo la chitarra come se gli eventi della mattina non fossero mai accaduti. Vidi il suo sguardo andare momentaneamente sulla credenza della cucina dove i miei tre regali erano rimasti da scartare.

La nonna aveva preso l'autobus per andare a Tamarisk Bay per far visita a un'amica. La mamma era seduta al tavolo della cucina, il cestino da lavoro aperto e diverse paia dei miei calzini in attesa di essere rammendati. Si era presa una rara notte libera dall'ospedale. Forse l'aveva programmato per il mio compleanno, tuttavia ero contenta che fosse lì per vedere che papà aveva mantenuto la promessa di tornare.

Quando lui era entrato in cucina lei aveva tenuto la testa bassa, gli occhi concentrati sul filo di lana che stava tentando di infilare nell'ago. Gli eventi della mattinata mi avevano lasciata così confusa che anche adesso, con papà davanti a me, non riuscivo a scrollarmi di dosso lo sconforto.

"Abbiamo già preso il tè," dissi.

"Ma non hai aperto i tuoi regali, Primrose. Ed eccone un altro per te."

Mi porse una scatola lunga e sottile. Non era incartata, ma era normale per i regali di papà. Guardai la mamma, desiderando che alzasse lo sguardo. Volevo che mi vedesse aprire il regalo, per riconoscere che papà si prendeva cura di me abbastanza da comprarmi qualcosa di speciale; perché immaginavo che fosse speciale già prima di aprirlo. Tolsi il coperchio della custodia e vidi un flauto. Davanti a me si aprirono possibilità entusiasmanti, avrei potuto prendere lezioni a scuola magari anche suonare al concerto di fine trimestre, sarei diventata una musicista.

"Che ne dici allora? Tu al flauto, io alla chitarra potremmo formare una band," disse papà, il suo sorriso tornato di nuovo.

"Lo adoro," dissi gettandogli le braccia intorno alla vita. "Grazie molte. È il più bel regalo."

Tirai fuori il flauto dalla sua custodia foderata di velluto e me lo avvicinai alle labbra. Il primo suono che ne uscì somigliava più alla sirena di una nave, piuttosto che a qualcosa di simile di una nota musicale.

"Guarda, mamma. Cosa ne pensi? Non è fantastico?" le mostrai il flauto, costringendola a guardarlo.

Posò il cucito e prese il flauto.

"Soffiaci dentro dolcemente, Libby, così," disse. Lei iniziò a suonare una melodia, che in pochi secondi ho riconosciuto.

"È buon compleanno, stai suonando buon compleanno." Volevo ballare intorno al tavolo di cucina. Papà cominciò ad applaudire al ritmo della musica, ridendo e guardando la mamma con una tale tenerezza che ho pensato per un attimo che sarebbe andato tutto bene che tutto fosse possibile.

Poi smise di suonare e rimise il flauto nella sua custodia.

"Ho imparato a suonare a scuola, quando avevo più o meno la tua stessa età." mi disse. "Ma non ho mai avuto il flauto, sei una ragazza fortunata, Libby."

Fece un cenno educato a papà e poi, "Rimani per una tazza di té?"

Ci sedemmo tutti e tre attorno al tavolo della cucina, mentre papà descriveva il suo viaggio nell'isola greca di Hydra. Ci raccontò delle persone che aveva incontrato, spiegandoci come vivevano in una sorta di comune.

"C'erano artisti, poeti, musicisti, tutti emergenti."

C'erano delle pause nella sua storia e immaginai cosa stesse pensando la mamma. Non aveva tempo di 'andare fuori'. I turni notturni in ospedale la rendevano troppo stanca per godersi i giorni liberi e, sebbene avesse solo ventotto anni, sembrava di mezza età.

Mentre papà parlava, mi sono immersa in pensieri dove io e papà passavamo le serate insieme, semplicemente 'uscendo'. Forse poteva guadagnare soldi come musicista e la mamma non avrebbe dovuto lavorare tanto. Forse si sarebbe potuto trasferire da noi e potremmo essere come una vera famiglia.

"Perché sei tornato?" La domanda di mamma irruppe nei miei pensieri, trasformando il calore delle possibilità nella fredda realtà del qui e ora.

Papà prese la sua chitarra ed iniziò a strimpellare.

"Ci torni di nuovo, vero?" lei disse.

"Potresti venire con me, tu e Primrose. Ti piacerebbe lì, lo so." Parlava come se tutto fosse possibile. Noi potevamo infilare dei vestiti in uno zaino e partire insieme per un'avventura. Aveva viaggiato in autobus, il biglietto di poche sterline e la vita sull'isola era così economica che, lavorando la sera in un bar, guadagnava per tutto quello che gli serviva.

Ero pronta a correre di sopra, prendere alcune cose e andarmene in quel momento. Volevo che la mamma fosse d'accordo, anche se sapevo che non lo sarebbe stata.

Lei non rispose. Non andremmo mai a vivere sull' isola di Hydra. Papà non verrà mai a vivere con noi.

Quella sera fu la prima di numerose visite che papà ci fece nei mesi successivi. Durante quei momenti preziosi che abbiamo trascorso insieme, mi ha insegnato tre accordi sulla chitarra e si è congratulato con me quando ho suonato la mia prima melodia con il flauto. Ma poi, prima della fine dell'estate del mio undicesimo anno, partì di nuovo, viaggiando sul 'Magic Bus' tornando a Hydra per vivere tra persone che la pensavano come lui, persone che credevano che una vita semplice fosse una vita felice.

NOVE

Ci sono almeno due modi per preparare i pancake. Puoi usare una spatola e girare il tuo pancake quando è perfettamente formato, in modo controllato e sicuro, oppure puoi lanciarlo in aria, senza paura. Se sei fortunato lo prenderai, ma a volte potresti semplicemente tenere la padella un po' troppo a sinistra o a destra e il tuo pancake non sarà perfetto come speravi.

Chi avrebbe mai pensato che la semplice azione di fare i pancake potesse insegnarci qualcosa sulla vita? Posso vedere ora che ci sono persone che sono felici di lanciare in aria la cautela, lasciando alla casualità se gli eventi vanno bene o male, e altri che si aggrappano alla sicurezza di quella spatola.

Adesso ho venti anni e ho passato ore, settimane, mesi, e anni a cercare di capire le persone. Ho imparato che ci sono molti modi diversi di vivere e le etichette come 'buono', 'cattivo', 'giusto', 'sbagliato' non hanno alcun valore quando si tratta di descrivere le scelte che le persone fanno.

Capisco ora, che per gran parte della mia infanzia, mamma ha scelto per la sua vita il percorso sicuro, usando la spatola del lavoro e la responsabilità di controllare il risultato. Forse dal giorno in cui le era stato detto che suo padre era morto ed era piena di paura, aggrappandosi prima ad Adam nel suo desiderio di essere al sicuro, e poi alla routine che è diventata la nostra vita insieme.

Al contrario papà non ha visto ostacoli. Qualunque sia il modo in cui gli eventi della sua vita potevano finire, gli andava benissimo.

Certo, ammetto che niente è così semplice. È stato solo perché la mamma si è assunta la responsabilità di prendersi cura di me, che papà è stato libero di vivere la vita che aveva scelto. Non biasimo nessuno dei due, non più.

Da quasi dieci anni papà è ancora a Hydra. C'è un invito aperto per me per andargli a fargli visita. Scrive spesso, per lo più poesie che potrebbero benissimo essere testi per canzoni che immagino i canti, strimpellando la sua chitarra, mentre siede su una spiaggia greca e ammira il tramonto. Un giorno potrei sorprenderlo e presentarmi lì per fargli vedere la sua Primrose, tanto cresciuta,

La mamma lavora ancora in ospedale, ma adesso fa soprattutto turni diurni, essendo stata promossa caposala. Ci siamo trasferite nella nostra casetta a Tamarisk Bay, dove ascoltiamo dischi quasi tutte le sere, ballando in cucina al ritmo di *Gerry e dei Pacemakers* e dei *Dave Clark Five*. Trascorriamo i nostri giorni liberi cercando occasioni nelle boutique locali ed il complimento più divertente che abbiamo ricevuto l'altro giorno è stato quando un tizio ha pensato che fossimo sorelle. Non sono solo i vestiti che indossa mamma, o il modo in cui si acconcia i capelli, è molto di più. Le rughe sono sbiadite, sostituite da minuscole pieghe attorno ai bordi della bocca dai sorrisi che arrivano molto più frequentemente.

Imogen è venuta a trovarmi l'altro giorno. Si è seduta sul mio letto mentre mi metteva lo smalto alle unghie della più delicata sfumatura di rosa.

"Stavo pensando a quella volta che sei scappata," mi ha detto, la bottiglietta di smalto per unghie in equilibrio sulle sue ginocchia, sembrava leggermente precaria.

"Sì, beh, ho fatto delle cose piuttosto stupide ai miei tempi, ma avevo solo dieci anni, ricordati."

"Ti ho un po' invidiato."

"Non c'era niente nella mia vita da invidiare, avevi una famiglia come si deve, una bella casa, persino un campo da tennis."

"Sì, ma era tutto normale. Mentre tu..."

"Strano, è questo che stai dicendo?" Feci per allontanare la mano da lei, dimenticando che era ancora solo a metà della manicure.

"Diverso. Questo è quello che ho invidiato."

"E tu mi hai comprato quello," ho indicato il fermacarte che era posto al centro della mia toletta. "Non ho mai capito cosa ti facesse pensare che avrei voluto un fermacarte, finché non ho capito che in realtà era un mappamondo."

Lasciò cadere la mia mano e si avvicinò alla toletta, prendendo il fermacarte facendo scorrere le dita sul vetro.

"Adoro il modo in cui è inciso il mondo intero, come se potessi passare da un paese all'altro in un attimo."

"Forse è quello che faremo un giorno, insieme."

"Che ne dici di fare il giro del mondo?" Fece una piroetta, tenendo il fermacarte sopra la sua testa.

"Non osare di farlo cadere," dissi, tornando per un attimo al momento di tanti anni prima, quando, la mamma aveva lanciato la padella dall'altra parte della cucina, facendo cadere la frittella sul pavimento.

Posò il fermacarte e si avvicinò alla mia libreria.

"E tua mamma te lo ha comprato quello stesso anno, vero?" Tirò fuori la mia preziosa copia de *Il Signore degli Anelli,* sfogliandola prima di darmela.

Ho aperto la copertina e ho letto ad alta voce le parole che la mamma aveva scritto.

'Tutte le avventure sono là fuori e aspettano solo che tu le trovi.'

"Pensi che tua madre vorrebbe aver avuto più avventure?"

La mia risposta fu di scrollare le spalle e guardare in basso le mie unghie smaltate ancora in parte.

"Tutto quello che so, è che tutto è molto più complicato di quanto pensassi quando avevo dieci anni," dissi sorridendo.

"E più divertente?" disse, prendendomi la mano e dipingendo lentamente le unghie rimanenti, mentre canticchiavo l'unica melodia che avevo imparato con il mio flauto, che ora giaceva nel cassetto del comodino accanto al mio diario del 1951 e alla foto sbiadita di mio padre.

GRAZIE

La maggior parte degli autori sarà d'accordo sul fatto che la scrittura può essere un'attività solitaria. Quindi mi considero molto fortunata ad avere l'incoraggiamento ed il sostegno di alcune persone meravigliose. I miei brillanti compagni di scrittura, Chris e Sarah, che continuano ad offrirmi non solo critiche inestimabili, ma anche l'ispirazione per andare avanti. Un sentito ringraziamento va a tutta la famiglia ed agli amici troppo numerosi per essere elencati qui. Sono grata a tutti quanti. Anche, voglio dire mille grazie ad Anna e Loretana per tutte le ore che hanno passato nel tradurre questo libro.

E, nelle parole di una delle mie canzoni preferite, il mio amore e grazie a mio marito, Al, che è 'il vento sotto le mie ali.'

Come lettore le tue parole fanno la differenza.

Le recensioni oneste dei miei libri aiutano gli altri lettori a trovarli. Come autore indipendente non ho il sostegno di un editore o di un team di pubblicisti. Non posso fare pubblicità in modo tradizionale, ma ho una cosa, ed è un gruppo di lettori coinvolti. Se ti è piaciuto questo libro, ti sarei molto grata se potessi dedicare solo cinque minuti per lasciare una recensione (breve quanto vuoi) su Goodreads o sui tuoi siti Web di recensioni di libri online preferiti, gruppi di libri, blog e siti di social media.

Grazie.

www.isabellamuir.com

RIGUARDO L'AUTRICE

Isabella Muir è affascinata dal passato, esplora com'era la vita per le famiglie che vivevano nei decenni dagli anni '30 agli anni '70. È autrice di due serie di gialli, entrambi ambientati nel Sussex, nelle epoche iconiche degli anni '60 e '70, nonché di diversi racconti ambientati durante la Seconda Guerra Mondiale. La ricerca su tutti gli aspetti della vita familiare nei decenni passati ha costituito il trampolino di lancio perfetto per le sue opere di narrativa. Isabella ha riscoperto il suo amore per la scrittura narrativa durante due anni felici lavorando e completando il suo Master in Scrittura Professionale e, da allora ha pubblicato sette romanzi, sei novelle e due raccolte di racconti.

La prima serie dei Misteri nel Sussex ha come protagonista la giovane bibliotecaria e investigatrice dilettante, Janie Juke. Ambientato alla fine degli anni '60 nell'immaginaria cittadina balneare di Tamarisk Bay, incontriamo Janie, che si occupa della biblioteca mobile. È un'amante appassionata delle storie di Agatha Christie - in particolare di Hercule Poirot – utilizzando, tutto ciò che ha imparato dalla Regina del Crimine, per aiutare a risolvere crimini e misteri. Oltre a quattro romanzi: *La Borsa Ricamata, Oggetti Smarriti, Il Caso Invisibile, e Una Notevole Omissione,* ci sono sei novelle nella serie, che esplorano alcuni dei retroscena dei personaggi di Tamarisk Bay: *Divisi si Perde, Oltre le Ceneri, Scelte, Aspettando che Risplenda il sole, La Mietitura* e *Mai Abbastanza.*

L'ambientazione della serie di misteri di Janie Juke è basata sull'area in cui Isabella è nata ed ha vissuto gran parte della sua vita. Quando pensa a Tamarisk Bay immagina la sua città natale, St Leonards-on-Sea, nell'East Sussex ed i suoi dintorni.

I suoi romanzi, *Oltrepassare la Linea* e *Dopo la Tempesta* fanno parte di una seconda serie di Crimini nel Sussex, protagonista il detective italiano in pensione Giuseppe Bianchi.

Il romanzo singolo di Isabella, *The Forgotten Children*, affronta il tema emotivo dei bambini migranti mandati in Australia, - concentrandosi nuovamente sulla vita familiare negli anni '60, quando la politica sui bambini migranti era ancora in vigore.

Scopri di più: www.isabellamuir.com

DELLA STESSA AUTRICE

MISTERI DI GIUSEPPE BIANCHI
Protagonista un detective italiano in pensione – Giuseppe Bianchi
VOLUME 1: OLTREPASSARE LA LINEA*
VOLUME 2: DOPO LA TEMPESTA*

MISTERI DI JANIE JUKE
Protagonista una giovane bibliotecaria e investigatrice dilettante - Janie Juke
VOLUME 1: LA BORSA RICAMATA*
VOLUME 2: OGGETTI SMARRITI*
VOLUME 3: IL CASO INVISIBILE*
VOLUME 4: UNA NOTEVOLE OMISSIONE

RACCONTI DI MISTERI NEL SUSSEX
La vita in tempo di guerra in Tamarisk Bay
DIVISI SI PERDE
OLTRE LE CENERI
SCELTE

LA MIETITURA
ASPETTANDO CHE RISPLENDA IL SOLE
MAI ABBASTANZA

LIBRI INGLESE DELLA STESSA AUTRICE

GIUSEPPE BIANCHI MISTERIES
Featuring retired Italian detective - Giuseppe Bianchi
BOOK 1: CROSSING THE LINE**
BOOK 2: AFTER THE STORM**

JANIE JUKE MYSTERIES
Featuring young librarian and amateur sleuth - Janie Juke
BOOK 1: THE TAPESTRY BAG**
BOOK 2: LOST PROPERTY**
BOOK 3: THE INVISIBLE CASE**
BOOK 4: A NOTABLE OMISSION

THE SUSSEX CRIME MYSTERIES
A Janie Juke trilogy - box set

SUSSEX MYSTERY NOVELLAS
Featuring characters from the Janie Juke novels
DIVIDED WE FALL
MORE THAN ASHES
WAITING FOR SUNSHINE
THE HARVEST
CHOICES
NEVER ENOUGH

THE FORGOTTEN CHILDREN**
A story about a mother's search for her child

THE BIRDSONG OF MICHAEL GREY
A compilation of short stories

IVORY VELLUM
An anthology of short stories

***Tutti i volumi sono disponibili anche in lingua originale - inglese**
****Disponibile in audiobook solo lingua originale – inglese**

www.isabellamuir.com